Margot
l'escargot

Barnabé
le scarabée

Mireille
l'abeille

César
le lézard

Luce
la puce

Léonard
le têtard

Merlin
le merle

Oscar
le cafard

Lorette
la pâquerette

Luna
la petite ourse

Camille
la chenille

Solange
la mésange

Violette
la discrète

Adrien
le lapin

Loulou
le pou

Prosper
le hamster

Grace
la limace

Ursule
la libellule

Gabriel le
lutin de Noël

Benjamin
Père Noël
du jardin

Georges le
rouge-gorge

Simon
petit bourdon

théo
le mulot

Gallimard Jeunesse/Giboulées
Sous la direction de Colline Faure-Poirée
et Hélène Quinquin
Direction artistique : Syndo Tidori
Édition : Patricia Guédot
© Gallimard Jeunesse 1994
© Gallimard Jeunesse 2016 pour la nouvelle édition
ISBN : 978-2-07-507426-1
Premier dépôt légal : avril 1994
Dépôt légal : avril 2024
Numéro d'édition : 636473
Loi n° 49956 du 16 juillet 1949
sur les publications destinées à la jeunesse
Imprimé en France par Pollina - 49340 i

PEFC
10-31-2065

Les drôles de petites bêtes

Mireille l'abeille

Antoon Krings
Gallimard Jeunesse Giboulées

Il était une fois une abeille qui s'appelait Mireille. Elle vivait dans une toute petite maison, nichée au pied d'un rosier.

Comme chaque matin, elle agitait
ses ailes et s'en allait travailler. Elle
se posait sur une fleur, ramassait un
peu de pollen, puis allait en butiner
une autre, puis une autre, et ainsi
de suite durant toute la journée.

Une fois rentrée chez elle, Mireille faisait de délicieux pots de miel très parfumés et aussi des bonbons dorés qu'elle enveloppait dans des papiers colorés.

Mais voilà qu'un beau jour, en rentrant
du travail, elle retrouva sa maison
tout en désordre et, oh malheur,
les trois quarts de ses pots vides !
Des bonbons dorés, il ne restait plus
que les papiers colorés.

Elle remit un peu d'ordre et, furieuse,
fit le tour du jardin pour interroger
ses voisins. Léon le bourdon bourdonna
qu'il n'avait rien entendu.

Siméon le papillon, qui papillonnait, n'avait rien vu, et ne parlons pas des fourmis bien trop occupées à vider un sucrier.

Mireille rentra donc chez elle pour se coucher et oublier un peu cette histoire. Mais devinez ce qu'elle trouva dans son lit...

Un nain! Eh oui, un nain, comme
on en voit parfois dans les jardins.
– Ah non! Il ne manquait plus que
ça! s'écria Mireille en le secouant.
– Trop petit, un peu trop petit,
le lit... fit l'étrange bonhomme
tout en dormant.

– Et mon miel? demanda Mireille
en le secouant plus fort.
– Bon, trop bon, le miel… fit-il
toujours endormi.

– Et mon balai? ajouta-t-elle en lui tapant un peu le derrière.

– Turlututu! Qu'est-ce que c'est? cria-t-il tout à fait réveillé.

D'un bond, il sauta du lit et disparut dans la nature. Turlututu chapeau pointu!

Dans sa précipitation, le lutin perdit son chapeau pointu, oublia ses petits chaussons et une clochette que Mireille trouva fort jolie.

Si vous voyez par hasard dans le ciel
une abeille qui ressemble à un lutin,
vous n'aurez pas rêvé. Et si vous
trouvez dans votre jardin un très petit
nain qui ne ressemble plus vraiment
à un lutin, vous n'aurez toujours
pas rêvé.

Marie
la fourmi

Louis
le papillon
de nuit

Capucine
la coquine

Marguerite
petite reine

Juliette
la rainette

Odilon
le grillon

Pascal
la ciga

Valérie la
chauve-souris

Benjamin
le lutin

Patouch
la mouche

Adèle
la sauterelle

Siméon
le papillon

Henri
le canari

Nora petit
de l'Opér

Noémie
princesse
fourmi

Gaston
le caneton

Victor
le castor

Pierrot
le moineau

Édouard
le loir

Pat
le mille-pattes

Belle
la coccine

Bob le
bonhomme
de neige

Petite
Églantine

Maud
la taupe